KB248476

까마귀의 껍질

까마귀의 껍질

한우진 시집

이것은 기성복맞춤 조건에 결부된 밀담密談이 아니다
이것은 까마귀껍질로 쓴 울음에 관한 이야기다

2010년 3월
한우진

까마귀의 껍질

＊차례

제2부 바람은 아버지의 발견
샘은 어머니의 발견

□ 해설 | 장석주

유柳아네스에게

제1부

돌 속에 든 빵

나무와 새

십자가의 탄생

발치에 떨어진 새의 노래를 끌어올려 높은 데로 보내려고 나무는 서서 버티는 것인데 꼿꼿하게 수직으로 버티는 것인데, 그리하여 새는 옆으로 나는 것이다 나무의 고통을 전하러 멀리멀리 수평으로 날아갔다가 돌아오는 것이다 가령, 벌목꾼들이 나무를 쪼개거나 숨통을 조이면 거기서 으름씨로 쏟아지는 촘촘한 새의 고백록을 발견하게 되는 것인데 간혹, 숲을 빠져나오지 못한 벌목꾼은 새의 통곡을 뼈저리게 듣기도 하는 것이다

딸기

구름 때문에 바지가 흘러내렸다
문장 하나가 완성되자
꿀에 가까워지는 여자들,
늑골 사이로 저녁놀이 삐죽거린다

만조에 다다른 밀밭의 아랫도리,
여름의 발굽이 잇다홍을 퍼트린다
어떤 문장이 증발하기 전에
모자를 벗고 모자에
유두만 골라 따 담았다

돌

김광석金光石

공중에 돌이 떠 있다

사랑했을 뿐이다, 노래했을 뿐이다

돌 속에 든 등잔의 혈관이 터진다

죽은 심지에 노래를 댕긴

돌이 공중에 떠 있다

흐리거나 말거나 밤낮으로 빛난다

포폴부[1]

　　처음 나의 자궁은 지혜에 관한 시험으로 가득 차 있었다. 나는 태어나자마자 죽음을 생각한 것이다. 죽음의 나무가 나를 산 자들이 쉬는 그늘로 데려왔다. 태어난다는 것은 달뜬 나무와 같이 한 발짝씩 걷기 시작한다는 것과(같았다) 무엇이 다르랴. 책을 열어주는 나무, 강으로부터 잎을 다독거려 뿌리에 이르도록(껍질이 닳도록) 물결에 입술을 적시며 지혜의 머리칼을 쓰다듬어주었다. 머리칼은 새들의 먹이였다. 새들은 차츰 깃털 속에서 어둠이 돋아나는 것을 알아채고 그것을 퍼트렸다. 그것은 노래였으나 나중에 단단한 고름으로 들어찬 열매, 나무는 밤새 새들에게서 받은 격려를 끝까지 가지 끝에다 매달았다. 알을 낳는 나무는 정원으로 옮겨졌다. 새로운 흙은 새로운 열매와(같았다) 무엇이 다르랴. 정력가인 흙을 만난 나무는 수많은 밤을 책에게 바쳤다. 죽음의 나무가 산 자들에게 보여준 책마다 모조리 흙을 묻혔던 것은 새삼 강을 보여주려는 것과(같았다) 무엇이 다르랴. 결의에 찬 죽음의 나무는 산 자들을 믿지 않았다. 그늘은 그들이 비탄을 줄이려는 포옹*Embrace*의 거처로 유용하였지만 오래 가지 못했다. 바람이 일렁이고 물결이 경멸의 빗질을 했음에도 그들은 그들이 그들의 어머니의 자식이란 것을(그들의 어머니가 있었다는 것을) 눈치채지 못했다. 알은 부화할 것인가(것이다). 죽음의 나무는 진흙을 넌지시 움켜쥐었다. 뿌리로부터 산 자들이 빠져나가지 못하도록(도망치지 못하도록) 물결에 휘파람을 풀어헤쳤다.

1) Popol Vuh : 마야 키체족의 경전.

시에 관해 말하다

호명呼名

이리 오너라   깊은 물!
이리 오너라   느린 물!
이리 오너라   고단한 물!
이리 오너라   누운 물!
이리 오너라   난폭한 물!
이리 오너라   사랑스런 물!
이리 오너라   맑은 물!
이리 오너라   넘치는 물!
이리 오렸다!   강력한 물

오래된, 불붙는 혀를 뽑아들고

반영反影

뜨거웠지만 강가에 나가지 않았다
똑같은 나뭇잎을 들고 강에 가기 싫었다

처음엔 들리지 않았다 노래는 천상에 있었다
　　항아리를 안고 무거운
　　들판을 서성거렸다
　　눈과 비가 고이면 천상을 보겠군!
항아리가 녹아내릴 무렵
거울은 바람의 손에 들려져 있었다

오! 거울이여, 물이여 지상의 목욕을 도와다오

봄강에 채우는 얼음 혹은 온더록스

새와 구름이 서로 닮아가는 것은 추위 탓만이 아니다. 꿈을 씹다가 강가에서 뱉었지만 추억의 흔적은 없고 강은 얼음을 잃었다. 이제 강은 사랑을 말하기엔 적소가 아니다.

꿈꾸는 것만이 능사가 아니라는 것쯤은 구름을 쫓는 사설탐정을 해본 사람이라면 다 아는 사실이다. 그러니 나무를 여럿 품어 새를 기다리는 일을 사랑이라고 일컫는 시대는 더더욱 아닌 것이다.

맹추같이 디딤돌이 사라진 마루 끝에 앉아 새벽이 올 때까지 이마를 견디는 내 옷소매란 옷소매는 다 젖었다. 추억해보니 사랑이란 사랑은 다 놓쳤다.

멀리 있는 여자들 서로 눈썹에다가, 젖가슴에다가 찬물을 끼얹는다. 새들이 길어 올린 물에서 헤어진 여자의 겨드랑이 냄새가 진동한다. 그래서 더 멀리 있는 여자들, 술이 모자란다.

봄이 왔다는 신호이기도 하겠지만 구름이 새의 관
棺을 이고 강으로 뛰어든다. 강은 이제 눈물을 보태
기엔 적소가 아니다.

천렵

구름은 끈적끈적
공중에 돌이 떠 있다[2]
밤이 올라탄 아침이 왔다

여자들은 아침이 되었건만 옷을 입지 않았다
이슬은 찐득찐득
천렵을 가는 날이었는데 눈부실 것은 없었다

나뭇잎이 물에 꽂히면서 울었다
거친 바람이 걷는 자를 사색하는 자로 만들 듯이
구름 때문에 바지가 흘러내렸다[3]

풀들이 모여들어 새가 갉아먹은 나뭇잎을 다독거
렸다
나무 굽는 냄새가 피어올라 돌 속에 든
등잔의 혈관을 터트렸다[4]

한낮이 되었건만 밤은 곯아떨어지질 않았다

식은 팥죽을 엎지른 강이 질컥질컥
천렵을 하는 날이었는데 물고기는 잡히지 않았다

물고기를 닮은 나뭇잎이 시체로 떠올랐다
천국이 가까워질수록 울음소리는 저벅저벅
구름이 묻은 구두는 쉬는 동안 부르텄다

천렵을 마치고 여자들은 눈썹을 태웠다
마지막 버스가 뭉게뭉게 지나갔다
여름밤의 아가리로 재가 몰려갔다

2) 시 「돌」에서 가져옴.
3) 시 「딸기」에서 가져옴.
4) 시 「돌」에서 가져옴.

시월

쥐들이 바빠진다
쥐의 눈을

숲은 웅크리고 꿰뚫어본다
검은 골짜기로 흘러들어가는

구름이 차린 들판의 식탁
열매와 남겨진 음식은 식는다

침묵의 달을 훔친
꽃들의 혀는 날름거린다

대지가 짜낸
꿀이 흘러간 상처는 아문다

모래가 가득한 손에 들려진
물은 물병에서 시든다

썩은 말과 남겨진 열매,

이름 붙여진 것들의 이름이 사라진다
쥐들은 바빠진다

꽃구두

샤방 샤방 샤랄라

뒷모습만 보여줘
너무 자라지는 마

샤방 샤방 샤랄라

벌써 꽃구두를 사들이다니, 아니 그렇담 늙은 게야, 네 몸에서 꽃무늬가 빠져나가고 있는 게야, 쭈글쭈글해지는 미美여 풍선이여, 벌써 강가에서 서성대다니 다저녁때라니, 아니 그렇담 너무 이른 게야, 산보라면 이골이 난 개가 콜타르를 뒤집어쓰고 어슬렁거릴 게야, 틀림없이 밤을 앞세워 뻗은 길마다 으드득 삭정이 부러지는 소리가 들릴 게야, 그때까지는 기다려야 해, 뼈가 길바닥에 징 박는 저녁이여, 석유 같은 피를 옮기는 링거 관管이여, 너는 거기에 크리스마스트리에 걸던 손톱만한 전구를 주렁주렁 걸어야 할 게야, 아쉽지만 벌써 새벽이라니, 아니 그렇담

생솔가지 타는 연기가 곧 퍼질 게야, 눈물이 고일 게
야, 아무리 눈 돌려도 눈물 흘려도 늙음이 늦춰지거
나 줄어들지는 않아,

　　너무 자라지는 마
　　샤방 샤방 샤랄라
　　꽃구두에
　　줄어드는 생을 집어넣고
　　샤방 샤방 샤랄라

무용학교

그 시절에는 토슈즈, 코르셋, 그리고 노을이 있었다. 새들은 검었으며 장미는 로댕 앞에서 피었다. 발은 물결에 놓이고 불에 덴 아이들이 있었다. 지금은 오후 세시 같은 사내가 제일 형편없지만 그 시절 오후 세시에 이사도라 덩컨은 신났다. 무용학교는 다른 학교가 문을 닫는 오후 세시에 봄이 하늘에 굵은 립스틱 한 줄을 긋는 것처럼 색색하게 열렸다. 그녀는 외쳤다. "바다-행복" ——물결 위의 소녀, 밤의 리듬인 별, 어둠의 세력인 별, 관능에 몰두하는 바람이 있기에 바다야말로 인간의 몸짓과 가장 깊숙이 관련돼 있다고 할 수 있을지니.

물방울이 떨어지는 춤을 추는 무용가와 흐르는 춤을 추는 무용가가 있다. 우리는 잔을 채울 시간이 부족한 채로 옷만을 적시고 부당하게 된다. 자체로 흐르는 무용가에게서 드디어 잔을 가득 받는다. 그녀의 스카프가 바람에 날리듯이 책이 쓰러져 니체의 문장이 쏟아진다. '열정의 변호인' ——우리가 든 차가운 잔에 뜨거운 물. 그리고 한 페이지가 넘어간다.
'눈의 가르침이 귀의 가르침보다 더 중하고 귀한지
고!' 머리를 푸는 이사도라블즈──자연의 상속자들.

　칠흑의 마루에 항아리가 구른다. 편도선이 부은 장
미가 긴 목을 뽑아 올리고 있다. 의인화하지 말아야
지, 변비에 좋은 시는 자두, 신경질적인 자두라도 자
두는 자두 변비에 좋은 시. 무용학교에서 풍금소리
가 들린다. 건반을 누를 때마다 무용학교 건너편 풍
금아파트에 불이 하나 둘 켜지고 구름엘리베이터가
내려온다. 수사하지 말아야지, 숨쉬기에 좋은 시는
자연, 아무리 어눌한 자연이라도 자연은 자연 숨쉬기
에 좋은 시. 칠흑의 마루에 숄이 미끄러진다. 턱을 괴
고 있던 이사도라가 벌떡 일어나 시를 춤춘다.

　꿈을
　　만들어야겠어
　　　꿈으로

토슈즈의
　　　입을
　　　　막아버려야겠어
무용학교에서
　　　　필요한 건
　　　　　　신발이 아니라 리듬이잖아
코르셋의 끈을
　　　　잘라내고
　　　　　　날개를 달아야겠어
나를 굴복시키는 것은
　　　　　오로지
　　　　　　　자연
내가 나를 결행하게
　　　　하는 것은
　　　　　　자유
시가 분방하여야 하듯이
　　　　　춤도
　　　　　　그래야 해

어떤 변명이
        자연의 침묵을
                깰 수 있겠어
춤의 근육을
        초승달로
                채워야겠어
굽은 나무의 눈
        얼음 위의 달밤
                시내와 친근한 바람
무용학교를
    빛나게 하는 건
        태양에스컬레이터에서 내리는 신들의 출근
내가
    결행하는 것은
                사랑
나를
    지탱시키는 것은
                맨발

그 시절에 새들은 검었으며 다들 아이를 낳기 전에 결혼했으며 영향 받기를 거부한 새에겐 비난이 덮쳤다. 모욕이 뒤섞였다. 딸을 낳자 도나우 강기슭에서. 아들을 낳자 예세닌. 고든! 장미꽃잎을 흩뿌려라. (그녀의 몸은 불덩이로 변해 이글거렸다) 봄 바다로 뛰어들기 전에 그녀는 율동의 샘에서 목을 축였다. 탐욕이 오기 전에 모독이 가해지기 전에, 그녀는 처음인 양 뛰어올랐다. 북소리가 들리고 푸른 공기 속으로 그녀의 육신이 명주고름처럼 스르르 풀렸다. 그녀는, 그녀의 몸은 춤의 정신에 이르는 도구에 지나지 않았다.

아우구리움

Augurium[5]

나는 당신이 모르는 체위
새가 앉을 때 붙잡는 나무가 있듯이—
끙끙거리는 가지 끝에서 출렁대는 체위
오프너가 콜라병뚜껑을 지나가듯이—
바람이 목련의 모가지를 따고 있다

사월이 아니어도 좋으니
오월이 아니어도 좋으니

욕조엔 방금 도착한 달콤한 물
첫눈이 쌓인 눈부신 침대
베개는 부풀고, 깃털이 온기를 바친 수문繡文이 한 줄

There's a song bird on my pillow
내 베개엔 노래하는 새 한 마리 있지요

새가 집요하게 지저귈수록 나는
당신이 모르는 체위

꿈속에서도 나타난 적이 없는 체위
Augurium, Augurium
새가 요염을 구슬릴수록 나는
자두나무 가지를 오르락내리락하는
물의 노동자
한 번도 드러난 적 없는 체위

5) 새점〔鳥占〕 또는 운수, 예언, 전조, 징후의 뜻을
   가진 라틴어.

V

나무가 거느린 악기, 수컷들

악기에 붙들린 나무, 수컷들

나무를 파헤친 수컷, 악기들

수컷이 타버린 나무, 악기들

악기가 내뱉은 수컷, 나무들

수컷에 뒤엉킨 악기, 나무들

정리하자면 여행자의 등거죽

수컷들이 운다

꽃

죽은 자들의 상담자
국과수 감정에 의하면 비애를 튼 주파수
꺼지지 않는 불을
시들지 않는 문장을
구름에게 파는 밀매업자

공기의 딸들에게
꿀을 대주는 암거래상

단오

여름은 처녀들이 목욕하기 좋은 물을 양귀비꽃밭
으로 내려보낸다

유리추석

이맘때는 물푸레나무도 정신 번쩍 든다

초사楚辭를 읽는 물소리가 차다

간당간당 고혈압단풍 서리채비라도 해야 쓰겄다

돌이 야위는 개울, 물고기는 살찐다

벌레 지글대면 지상의 병은 두드러기처럼 돋는다

나 구름만 오래 쳐다봤으므로 생의 온도는 내려갔
다

더 늦기 전에 저기 윤유리나무에게 종신보험이나
들어야겠다

마음 뜯어지면 꿰매주는 물소리보험이라도 들어
야겠다

탈초脫草

물이 형태를 갖추자마자
한 무리로 혹은 홀로
저것들
땅 속의 눈먼 촉수들
누웠는가 싶으면 일어서고
숨었는가 싶으면 내비치고
붓의 반역으로 겨우 가늠하는
초서에 다름 아닌 저것들
병풍을 완성하는 넝쿨의 번짐
맑은 우글거림
풀이며 버섯

뒤뚱뒤뚱 바람이 탈초를 하건대
이건 나무의 혓바닥, 잔나비걸상
저건 꿩의 눈썹, 구름걷어차, 사슴화살
삐걱거리며 모싯대
덥석 병풍취

바람이 멎자 다시
초서로 돌아가는

낙관落款

노루꼬리가 비스듬히
매화노루발을 스치었다

상석床石에 마른 붓질 몇 번

나는 무릎을 바치고 있었다
내가 눈뜬장님이고 혼자라고
달이 슬그머니 겹친 내 손등을 핥았다
그때였다
노루가 높이 뛰어올라
달을 된통 들이받았다
둥근 통에서 출렁대던 달빛이 쏟아졌다
나는 노랑페인트를 온통 뒤집어썼다

묘지에도 내 등때기에도
노루발바닥이 찍혔다

장풍초등학교

시월이면
구름엘리베이터를 타고 등교하는

여럿이 달려들어
시린 손바닥을 펴보는

만지작만지작
헌 옷에 매달린 단추 같은

그것은
살구꽃과 징게미와 눈(雪)으로 빚은 술항아리
새의 깃털이 스쳐도 울리는 풍금
공중에서 쏟아지는 크레용

돌 속에 든 빵

낡은 TV를 보며
나는 그것을 조금씩 뜯어먹는다

회복

아녜스에게

　그대여 옷을 갈아입고 가을 내내 흐른 시냇물에 발목을 담갔습니다 그러므로 밀감 냄새나는 개울물, 야윈 별이 떠서 서쪽으로 쏠리고 새벽까지는 제 사춘기 남루를 씻었습니다 비로소 감나무 그림자가 깔리는 그 집 마당엔 달빛이 발자국으로 남을 것입니다 달빛에 채이며 그대를 보채던 창호지그리움은 아예 개울물에 적셨습니다 그대여 이제는 부서질 대로 다 부서진 다음 어느 풀잎 하나에도 맺히지 않고 물방울로 그대 시린 손바닥에 이르겠습니다 그리하여 산은 제 모가지를 끝까지 물들이고 우유빛깔 흉터를 밤에 남길 것입니다

12월

사랑은 떠나고 술이 늙는다

마른나무들 단추를 푼다

아직도 어떤 여자의 옷은 따뜻해서 눈물이 열린다

무릇 내 청춘에 재라도 남았느냐고

바람이 분다

베토벤

사타귀

들려다오
사월에 잡새는 죽고
혁명이 오는 소리
우수수 귀 덮는 잡새소리를 들려다오
구름이 구름 세우는
바람이 바람 재우는
계명산鷄鳴山 사타귀
시네라리아 꽃이 피면서
눈이 내린다
들려다오 달에 달 지는 소리를
들려다오 별에 별 돋는 소리를
사월에도 눈이 오는
하일리겐슈타트 잡새소리를 들려다오
들려다오 사월에 잡새는 죽고
혁명이 지나가는 소리를

들려다오 들려다오

베토벤

불여귀不如歸

불여귀 불여귀
대낮에 울고 간다

계명산鷄鳴山 양쪽 겨드랑이
진달래가 불붙고 있다

언덕을 몇 개 넘어서
라인강, 안개도 흐르면서
포플러 연한 살이 터지고 있다

불여귀 불여귀
진한 리듬을 죽이고

그대는 대낮에
소주 한 잔을 한다

이중섭

괴로움 쩔쩔 끓는
봄을 기다리는 게 무슨 죄겠습니까

그대가 옳습니다
삐딱해도 쇠불알이 옳습니다

한껏 어두운 것에 소금을 놓으십시오
마라도에 영근 바람은 그냥 두십시오

물고기와 게와 발바닥은
이제 해풍에 맡기십시오

나무와 나무는 서로 꽃피우려 하지 않습니다

꽃을 발라내는
벚꽃 위의 흰 새가 무슨 죄겠습니까

완결刑缺

눈썹 끝에 인두 올려놓고
일없다, 울 일 없다
마음에 빳빳하게 풀먹여가며 더딘 사랑을 쓰다

아제 아제 바라아제
소용없다 꽃!
풀이 바람에 온몸을 벼리는 동안

새가 하늘에 내 천川자를 천 번이나 긋는다
새의 날개가 닳는다

일없다, 사랑 없다!
닳는 것은
강을 받아쓰는 갈대만이 아니어서

몽당연필 같은 나도
당신의 책받침을 끼고 어깻죽지가 아프다

제2부
바람은 아버지의 발견
샘은 어머니의 발견

눈 위에 쓴 가족

전근대적으로 눈을 기다린다
눈을 재촉한다
회색 양철지붕이 칼을 물고 나뭇가지를 친다
겨울이냐, 겨울이다

눈이 쌓인다
눈이 그친다
거기에 이름을 쓴다 여편네 이름을 쓴다
여편네도 쓴다 자식 이름을 쓴다
아들도 쓰고 딸도 쓴다 미래의 이름을 쓴다
눈을 밟는다 눈이 녹는다
내가 쓴 여편네의 이름이 사라진다
딸이, 아들이 쓴 먼 데 있는 이름도 사라진다
여편네가 쓴 자식 이름은 사라지지 않는다
여편네가 쓴 자식 이름이 사라지지 않는다
눈이 녹은 뒤 나는
여편네가 이름 쓴 자리를 한참 들여다본다
땅이 깊게 파여 있다

겨울의 유서

아무리 들여다보아도
네 글씨체가 아니구나, 아니라며
너에게 뛰어내리는,
너를 어쩌지 못하고 발만 동동,
눈발이 허리를 비튼다.
네가 쓴 자서自序 한 줄도
언제 한번 제대로 들여다보지 않은 내가
어쩌지 못하고 눈발을 맞는다.
눈발이 발목을 꺾는다.

살고 싶다, 살고 싶다,
강이 흐르면서 유서를 쓴다.
나무체였다가 구름체였다가
드문드문 창호지를 바른 얼음 밑으로
너의 서체書體가 드러난다.
살아야겠다, 살아야겠다,
강이 살얼음 물고 유서를 쓴다.

북

아버지는 북이다 한 번도 북을 두드려보지 못하고
북을 향해 누웠다 나는 생전의 아버지 앞에서 한 번
도 북을 위로 놓고 지도를 펴보지 않았다 북을 발밑
에 깔고 남으로 서울을 지나 괴산, 충주를 손톱으로
눌렀다 피 묻히고 얼룩진 자리가 고향이 아닌가요,
나는 우기고 싶었지만 아버지는 북을 따뜻한 남쪽으
로 그리워했다 형편없는 마당이었지만 목련은 피었
다 목련은 남을 등지고 북으로만 꽃을 피웠다 아직
맺히지도 못한 나는 아버지 등을 돌려보세요, 이쪽이
따듯한걸요, 남풍이 불어도 아버지는 북을 향해 단추
를 풀었다 북창이 많은 집일수록 아버지는 값을 높게
쳐주었다 내가 북리北里에 편지를 써대기 시작할 무
렵 북관에서 새들이 날아올랐다 그것 보렴, 두드릴
수 있다니깐 그러나 새들은 얼음덩어리로 북적거렸
다 아버지는 누가 두드려주지 않는 북처럼 윗목에 놓
여졌다 아직도 아버지는 북이다 어김없이 올해도 나
는 북을 향해 아들과 함께 절을 하였다 아버지 북 받
으세요,

등이 벗겨진 나무는 엎드려 울지 않는다

그러기에

나는 세 번 단련된다

어머니, 아내, 딸

바야흐로 나는 세 번 분배된다

등이 벗겨진 나무는 엎드려 울지 않는다
〈부록〉

I

군데군데 어둠에 손을 데인 어머니
늦게 오시고, 숙제는 하지 못했다
다른 집들이 오순도순 숟가락을 부딪칠 때 나는
우물에 가서 감자를 씻었다
교복을 벗지 않고 입은 채로 잤다
꿈이었지만, 지겨운 지게야 더러운 지게야, 구덩이
를 팠다

II

알록달록 연애가 끝나고
아내는 반지하 단칸방에 도배를 했다
사진을 걸면서 새가 되세요
와이셔츠 흰색은 빛났다
나는 돌멩이가 핀 구두를 신고
어둠을 내려놓고 오는 버스를 기다렸다

III

도란도란 사월이 꽃을 낳고
화병에 꽂힌 딸은 두각을 나타냈다
내 등에 꽃잎을 파스처럼 붙이면서 회춘回春하세
요
작업복은 회청回靑을 쏟은 듯 좋구나
나는 철공소에서 늦도록 못을 만들고
못대가리처럼 쓰러져 막차로 돌아왔다

IV

이리저리 밥상 겸 책상은 삐거덕거렸다
부푼 꽃, 무거운 꽃, 화병을 놓을 데가 없구나
내 시는 혁명이 지나간 뒤의 깃발처럼 구겨졌다
기울어진 가계家系에 찬바람 드는 창문만 늘어났
다
아내는 처녀 적 옷으로 커튼을 만들고

　덜컹덜컹 나는 낯선 어둠을 묻힌 채 문 앞에서 서
성댔다

V

삐걱빼각 아침이 되자
내가 가지고 온 못은 모조리 녹슬었다

숯

　좋은 나무는 산꼭대기에 있단다, 어머니는 내게 고
약을 듬뿍 붙이며 혹독한 바람을 견딘 나무가 마디단
다, 나는 형들을 제치고 재빨리 어른을 베꼈다 뻴뻴
장남 아닌 장남 땔감 아닌 땔감 청솔가지는 눈을 맞
아 푸르렀다 흥청망청 눈발이 물참나무에서 술을 거
르고 나는 불머리를 앓았다

　가난은 태우면 태울수록 겨울밤을 견디는 숯이 된
단다, 겨울이 시작되자 큰형은 폐병肺病을 꺼냈다 나
무에 걸려 있던 구름이 제법 울긋불긋해지고 새들은
비린내를 풍겼다 축축한 곳에서는 혼도 녹나기 십상
이란다, 어머니는 머리카락을 잘랐고 나는 불을 지폈
다 뻴뻴 항아리 안에 형을 안쳤다

　눈물이라도 남았냐고 시냇물은 찔찔거렸다 불은
요 밟아도 삐죽삐죽 돋는 새싹 같은 걸요, 나는 젖은
채로 된바람과 맞섰다 징집당한 눈발이 자싯물의 밥
알처럼 흩어졌다 어둠이 모이면 나는 불의 유행가를

불렀다 유목乳木에 걸터앉아 날이 샐 때까지 비릿한
숯을 누었다

육백

1. 벚櫻

2. 목련木蓮

3. 다시 목련木蓮

4. 모란牧丹

1

아내가 겨우내 덮은 이불을 뜯는다 투드득
봄이 터진다 실밥을 달고 꽃은 후드득

2

돈은 없고 젠장! 지나치게 왕성한,
이놈의 탱탱한 고환을 누가 압박붕대로 칭칭 감는
것이냐

3

지난 겨울에 잘려서 소주만 집어넣은 뱃속이 더부
룩하고 메스껍더니

화하다 환약을 먹은 듯, 네가 봄에다 싸서 던져준
소화제

4

너를 코끝에 갖다 대며 빙 둘러앉아, 오줌도 참아
가며 고스톱을 친다
육목단! ―따블로 쳐주는, 항간에 너는 김지미 궁
둥이일지라도

하늘대추

습슴한 밤하늘이다
이참에 송골송골 목밀木蜜이 돋는다
생냉물의 저녁상도 물렸겠다
집나갔던 아재도 돌아왔겠다
장대를 들어
냅다 후려친다
성복아, 별 떨어진다
별 떨어져!

마당에 멍석 깔아놓고

아버지 숫돌에 낫 가신다

아버지 숫돌에 낫 가신다
어머니 풀밭에 자꾸 가신다
치마를 주고 꽃은 다 드셨다

어머니 풀밭에서 육감을 찾으신 거다
도와드려야지, 도와드려야지
나는 잡목을 물어뜯었다
철철 여름이 목덜미를 덮쳤다

아버지는 길게 자란 풀밭에 복수하고 싶으셨던 거다
아버지 숫돌에 낫 다 가셨다
어머니 머리채가 잘린 풀처럼 되신다
아버지 숫돌에서 숫돌의 힘을 터득하신 거다

어머니 치마란 치마 다 꽃하고 바꾸셨다
어머니는 짧은 봄에 몸 맞추고 싶으셨던 거다
나는, 물어뜯어야지 힘껏
여름은 질기고 화끈거렸다

어머니 술 드신다
학표 주전자에서 학이 날아간다
나는, 도와드려야지
노래가 마르면 술 부어드려야지

어머니 노래에서 봄을 발견하신 거다
노래가 성하면 어머니 머리채 퍼지신다
풀처럼 되신다

물고기 한 마리를 기다린다

어머니 산비알에서 자꾸 흘러내린다
옥수숫대 일렬로 어머니의 적삼을 들춘다
살금살금 다래끼를 맨 누이 볼에 홍시 터진다

짐승인 양 햇볕은 바쁘게 달아나고
누이가 지나간 자리마다 열매가 다투어 붉어진다

헤매었지만 어머니는 가으내 시든 것뿐이고
누이는 아직 종아리 새파랗다

누이의 허리가 굽은 길처럼 흐릿하다
뭉게구름이 누이를 풀었다 조였다 한다

나는 돌멩이를 집어 들고
물고기 지나가기만을 기다린다
붉은 여뀌마냥 정갱이를 물 속에 박고 서서
살 오른 물고기 한 마리를 기다린다

씀바귀

씀바귀, 씀바귀, 씀바귀, 신문지 위에다 사내가 씀바귀를 꺼내놓는다 아이는 생각한다, 씀바귀가 너무 많잖아 아빠는 하루 종일 얼마나 쓸까 오늘의 생활한자 '고충苦衷' 위에다 사내가 비듬 같은 생활을 털어댄다 씀바귀비듬이 신문지를 채우고 신문지가 무거워진다 애야, 산다는 건 씀바귀에 물드는 거란다 사내는 아이 앞에 씀바귀와 씀바귀 물을 게워낸다 아이는 생각한다, 쓴물 같은 아빠를 위해 줄기차게 뻗은 벋은씀바귀와 쓴물을 받아낼 옷걸이며 장미꽃접시를 구해와야지 사내는 쓴물로 헹군 옷을 뒤집어쓰고 생활일기를 밤새 쓴다 아이는 생각한다, 엄마는 어디서 잘 마르고 있을까.

아이의 엄마는 씀바귀와 사내의 구멍에서 나오는 쓴물 때문에 가출했다 식약청장이 앞장서서 동네방네 약을 쳐댔지만 만두가게는 씀바귀로 뒤덮였다 만두가게는 운이 나빴다 아이는 생각한다, 운이 좋았던 들장미가 피었을까 마른 장미는 보이지 않고 겨울을

향해 미처 문 닫지 못한 집들로 검은 프라이머 흘러
든다 걸쭉하다 불빛은 좋다 번들거리는 장미, 야하다
장미, 장미불빛은 피어 늘어진다 아이는 생각한다,
엄마처럼 장미는 잘 마르고 있을까 씀바귀, 씀바귀,
씀바귀, 사내는 놀이터 한쪽에 씀바귀를 묻는다 몰래
아이는 생각한다, 나는 이제부터 마를 수 있을까 장
미처럼 장미를 두른 엄마처럼.

입문

불혹不惑 이전의 것은 모두 죽었다 아니, 죽였다 한
짐의 장작과 한 통의 석유, 시신詩身 하나에 하나씩
말린 담요, 강으로 가는 길은 새벽이 좋았더라 짊어
지고 가기에 좋았더라 아버지가 앞서고, 아버지는 일
어선 돌부리에 걸리지 않고 가벼운 생, 나는 담요에
서 빠져나온 새의 깃털을 주웠다 책보다 큰, 나뭇잎
보다도 얇고 간결한 넓은 풍류風流를

꽃을 말아 올리는 새의 휘파람은 달밤이 좋았더라
듣기에 좋았더라 나는 강가에서 태우지 않은, 아버지
몰래 숨겨 가지고 온 깃털을 책에다 끼웠다 책은 따
뜻했으며 그것만이 온전했던 풍요, 지탄枝炭으로 사
라졌다가 밤이면 돌아오는 책, 숯의 문법이 돋아나던
책, 만지기에 좋았더라 불타오르기 좋았더라 나는 애
무와 아궁이 같은 욕망을 시루에 길렀다

시루에 물 퍼붓기, 열 길 물속 아버지 한 길 물속 어
머니, 식어가는 화로에 쌓이는 재는 옥수수 밭에 주

어야지 너무 먼 데 있는 경작耕作, 씨 뿌릴 데 없는 땅
쳐다보며 화전火田의 꽃 걷어내기, 바람은 아버지의
발견 샘은 어머니의 발견, 봄은 결심하기 좋았더라
땀 흘리기에 좋았더라 나는 우물 옆에서 사진을 찍고
나무울타리 빽빽한 추종騶從의 문을 열었다

함흥

LA에 사는 형이 북한을 갔다 와서
아버지 산소 앞에 엎드린다

사진 몇 장이 상석에 놓인다
노래를 부르고 있는 처음 보는 얼굴들,
'고향의 봄' 울려 퍼진다

북향의 진달래들, 술잔이 돌고
원산에서 건져온 청가재미가 안주다

몸이 천리지 눈은 십리구나
형수가 올린 술에 아버지 산소가 불콰해진다

함흥, 다시는 눈물로 다녀오지 말아라
남한강물과 성천강물이 섞여 깊어지면서
꿈이 천리지 귀는 십리구나

몰沒

무서워지려고 밤이 왔습니다 문득문득 추워지다
가 나는 화로를 부젓가락으로 헤쳤습니다 어머니의
관능도 아버지의 잔기침소리도 없는 식어서 재만 남
은 화로를, 문풍지에 구멍을 냈습니다 팽팽한 추위가
왔습니다 신작로에는 이장里長네 황소가 늦은 되새
김질을 마치고 돌아가는 느린 요령소리로 가득했습
니다

낮에 따온 도토리열매는
우물 옆에서 잘 썩을 것입니다

윤사월

어머니가 머능옷을 하게 돈을 보내라신다
살구나무 마른 가지에 보란 듯이 잎이 난다
트럭이 도착하고 접힌 옷들이 옷걸이에 걸려 기지
개를 켠다
시멘트담벼락에 담쟁이가 혈육을 챙긴다

사는 동안 벽보가 붙고
벽보는 벽보다 위태로웠다

경칩

경칩을 다 듣고 어머니 귀 잡수셨다 얼음이 깨지면
서 어머니 등성이 경대도 깨졌다 부둥켜안고 반질반
질해진 궤짝 열었다 닫았다 또 하루가 갔다 그 안에
훨훨적삼 차곡차곡여울치마 한껏 부풀어 있다 경월
傾月이 기웃대는 월계아파트, 어머닌 헐렁해진 궤짝
문짝에다 귀 떼어 껌처럼 붙여놓으셨다 봄밤이었는
데 꽃들도 교미하기 좋은 봄밤이었는데,

모시나비 한 마리 날아가는 게 보였다

약

장모가 장인을 재촉하며 짐을 꾸리네. 서대전역에
서 기차를 타네. 두 시간 뒤 수원 풍금아파트 303동
701호 건반을 누른 듯 불이 들어오네.

바리바리 싼 보따리 풀어헤치네. 강경새우젓, 뱅어
포, 서대, 말린 조기새끼 식탁이 모자라네. 금산 장에
서 사들인 마늘, 고춧가루, 수삼 심지어 아파트 1층
텃밭에서 기른 상추며 쑥갓, 대추도 너끈히 한 뒷박
쏟아지네. 스무 해 넘도록 나, 사위랍시고 좋은 약 받
아만 먹었네.

그 좋은 약 끝장을 낸 건 새벽의 오토바이였네. 장
모는 사경을 헤매다 달포 지나 겨우 의식을 찾았네.
이 눈물 저 기도 이 약 저 약 잘 듣질 않네. 서대전역
바라보며 장모는 기다리네. 그러면 고명딸이 오네.
막내야 네가 나한텐 약이구나.

일주일에 한 번 아내는 새벽부터 트렁크에 옴팡지

게 챙기네. 데친 엄나무순, 양배추초절임, 코다리강
정, 우엉조림, 김자반, 도라지오이무침, 호두과자, 속
옷도 몇 벌 아내는 부랴부랴 한 첩의 약이 되어 수원
역에서 기차를 타네. 그런 날

나는 혼자 늦은 저녁을 먹네.
식후 30분
나는 약도 없네.

제3부
죽은 자의 책

제5공화국

버드나무를 본다
버드나무아궁이를 들여다본다
버드나무는 훨훨 밤과 싸운다
죽은 자의 책이 펼쳐진다
죽은 자의 책은 물결 같다
샘에서
다른 샘으로 불이 옮아간다
샘의 재가 책장을 넘긴다
죽은 자의 책은 모유 같다
첫 장의 울음이
다른 울음에게 젖을 물린다
가지를 뿌리로 바꾸며
잎에게 점령당한 버드나무는 싸운다
돌의 꽃눈을 끌어안고

괴산槐山

반죽의 밤이 길을 잔뜩 움켜쥐고 있다

모진 손가락 사이로 진흙처럼 삐져나온 어둠이 군
자산 등허리를 문질러대고 있다

잘 굳고 있는 조청 같다 이윽고

여기저기 아픈 데를 지나온 어둠의 눈보라가 상수
리나무에 소리를 매달고 있다

얼어 사는 동안 내 잘린 귀는 그 소리 따라다니다
아예 귀먹으리라

살쾡이처럼

까마귀가 득실거리는 달의 내장을 어둠이 덮치고
있다

귀

곡우를 듣는

이십 년도 넘게 고무마개가
들어앉았던 귀

철공소에서 돌아온
허름한 내 귀
잔뜩 배부르다

오늘 퇴직금 나오고
때맞춰 곡우

덩달아 뻐근해지는
내 자작나무오줌보

여기저기
노루오줌풀 나자빠진다

그랬거나 말았거나
진종일

젓가락질해대는 내 귀

명퇴

대추나무에 잎이 겨우 나서
오뉴월 땡볕을 버티고 있다
담벼락에 거꾸로 기댄
쇠스랑 삭은 발목과
대추나무 가지에 거미줄이 한창이다
포包처럼 건너뛰던 매미가 걸려들었다
한 수만 물러주게, 딱 한 수만
거미는 궁宮을 틀어쥐고
여기저기 여름 달구던 눔 어디 갔나!

매미는 필사적이다
야! 이놈아 한수만 물러

백화수복

한 잔

눈이 내리고 펄펄 나는 기차를 탔다

나라 지킨다고, 나라가 시킨다고 줄서서 머리를 밀
었다

제 몸 하나 가누지 못하면서 눈송이 어린 것들은

의무실 창 밖에서 손을 비볐다 군복에 때가 끼고
알약이 쏟아졌다

마분지에다 편지를 썼다 찢어진 아리랑이나 명랑
잡지를 들췄다

되돌아오기만 하던 편지 사이로 연필가루가 날렸
다

위문편지가 도착하고 보급창고에서 동기 한 명이
쥐약을 먹었다

위문편지는 한결같이 우리들을 씩씩하다고 눈이
올수록 씩씩하다고 부추겼다

나는 반공도덕책 속으로 들어가 총을 내려놓고 연
병장을 돌았다

눈이 그치고 국군아저씨! 뒤에서 불렀지만 나는 절
뚝거렸다

아저씨, 아저씨
멀리서는 씩씩하다네 나는 백화수복을 마시네

두 잔

강바닥은 마르고 쫄쫄 나는 위경련을 앓았다
돌멩이 화전이 싫어 겔포스 같은 구름만 들이켰다
수수밭을 들락거리며 신물을 토했다 우수수 먼지
뿐인 빛뿐인
늦콩을 털었다 지붕에선 밤새 고추가 모가지에 이
슬을 받았다
기차가 지나갔지만 결행은 못하고 진땀만 흘렸다
들머리가 추워지자 느릿느릿 관광버스는 트림을
해대며 신작로를 지나갔다
아니 놀지는 못하리라 차차차! 스피커는 단풍들고

그러다가 지쳤다

　스피커는 한결같이 우리들을 아름답다고 놀이 번
질수록 아름답다고 직직거렸다

　나는 군청게시판 안에서 삐딱하게 모자를 쓰고 낫
을 들었다

　어이 새마을지도자! 읍내에서 나는 진종일 비틀거
렸다

　새마을, 새마을
　멀리서는 아름답다네 나는 백화수복을 마시네

석 잔

비가 오고 나는 용산역에서 엎어졌다
꿈꾸는 볼펜으로 이력서를 쓰고 목장갑을 꼈다
야근은 두꺼운 책과 같았다 쇠로 된 책—넘기다
가
　밀링머신이 손가락을 먹어치운 날은 유행가를 듣

는 게 슬펐다

　배호를 따라 부르면 식당의 나무젓가락도 소름이
돋았다

　조간신문에 낀 전단지가 석유를 먹는 것처럼 술을
마셨다

　포마드를 바른 시찰단이 오는 날은 풀을 뽑고 휘파
람을 불었다

　시찰단은 한결같이 우리들을 희망이라고 오줌보
가 탱탱할수록 희망이라고 얼렀다

　나는 조국근대화 플래카드 앞에서 연장을 차고 사
진을 찍었다

　비가 그치고 헤이 산업의 역군! 해는 빛났지만 나
는 푸석거렸다

근대화, 근대화
멀리서는 희망이라네 나는 백화수복을 마시네

넉잔

그대여, 그대들이여
멀리서는 진부하다네 나는 백화수복을 마시네

달과 모래

웅얼거리는 입에서, 마른
혀를 찾지 마라

뱉어놓은 그림자를 보고
빛을 찾지 마라
어제가 우리 입에 가득 채운 모래는
꿀이 되지 않는다
달이 항아리를 들고 쏟아 붓는

넘치는 내 안에서
너를 찾지 마라

쇠사슬보다도
비단이
질긴 비단이
우리를 더럽혔기에

안개

횡설수설하는 안개 속을 더듬나니
72, 열매, 노랑장미, 목관, 손수건, 자루

죽은 자가 살아나고 산 자는 죽는다

헬기가 떨어진다

늦은 밤, 학원버스가 붐빈다

숭례문이 보이지 않는다

학교가 흰 국화로 덮인다

건져 올린 물고기의 심장에서 촛농이 새나온다

고독

꽃에 의지하고 있는 꽃잎께서
풀뿌리에 의지하고 있는 풀잎께서
물에 의지하고 있는 물방울께서
탈을 쓰고 탈에 의지하고 있는 그대들
술 마시고 술에 의지하고 있는 그대들
열심히 입 맞추고 열심히 삶에 의지하고 있는 그대
들
꽃잎보다도 정교하게
풀뿌리보다도 질기게
질기게, 물방울보다도 견고하게
넥타이를 매고 넥타이를 매고
넥타이에 의지하고 있는 그대들
의지하고 있다는 것은 얼마만큼의 사기詐欺이냐
사기의 고독이냐

컨테이너 극장 제3관

잔인한 천사가 들여보낸

컨테이너 박스 한 구석에서 죽음의 옷을 갈아입는

너를 보았다

내 시의 벽을 긁어대는

네 다급한 손

그리고 흐릿한

새

시간이 된 것이다
오징어를 굽는 사람들의 시간이다
오! 증오를 찢는 시간이 된 것이다
사람들은 소망한다 증오를, 친화親火를
(즐거우나 괴로우나 나라 사랑하세) 불붙던 노래
는 사라졌다 사람들은 소망한다 새 소식을, 새 노
래를
『대한 늬우스』는 사라졌어도
다음 주, 다다음 주의 예고편이 상영된다
죽음이 예고된다 예고편은 도처에 있다

컨테이너 극장이 도처에 있다

극장 안의 의자는 관처럼 놓여 있다 뚜껑이 열린
채로

판타지 팝콘을 들고 너는 자리를 잡고 앉는다

이제 부풀어오른, 공포의 시간이 된 것이다

한껏, 그것을 너는 입 속에 넣는다

(입 속에서 잎처럼 무성했던 혀가 바스락거린다)

너의 절규를 실은 눈물은 덜컹덜컹

쏟아지고, 구름이 타오르는 흰 벽에는 지글지글

불과 연기가 상영되기 시작한다

살려줘요, 열어줘요——

너의 모국어는 대답하지 않았다

(단지, 너의 외침은 이 세계에 잡음을 더했다)

살아보렴, 살아보라던 이 세상은 너에게 재를 던졌
다

웅크렸다가 내뻗는 네 손가락은

마른 옥수숫대, 무지개를 긁어댄다

너는 부러진 색연필을 공중에 쌓는다

그러나 곧 쏟아져 내린다

너는 사랑도 날림이라는 것을, 어둠의 돌 틈에 끼

여 안 것이다

세상은 사탕을 입에 물고 네 접힌 귀에다 속삭인다

그래도 사랑밖에 없는 걸

사랑해요, 열어줘요

사랑은 공기와도 같아요, 공기를 주세요—

다급하게 너의 모국어는 사랑을 비명으로 번역했

다 전세계로

(비명을 질러야 세상이 보인다고, 사랑이 열린다

고, 너의 모국어는)

시간이 된 것이다 공포는 거듭된다 거듭

늦으면 들어갈 수 없는 컨테이너 극장은 밖에서 잠

긴다

우리는 너무 늦게 도착한다 문을 잠근 잔인한 천사

는

더 이상 표를 팔지 않는다 시간이 된 것이다

자루를 뒤집어쓴 밤, 밤이 다스리는 시간이 된 것
이다
　죽음의 씨는 뿌려지기를 기다렸다가 통곡의 잎으
로 가득해진다
　그것을 추수하려는 이들로부터
　우리는 가슴을 열고 그들에게 녹음기를 하나씩 집
어넣는다
　너의 무지개 재잘거림은 사라지고
　증오의, 친화親火의 울부짖는 소리만
　녹음기에서 재생된다 새 소식은 없다
　나는 피자 가게 앞에 한동안 머문다
　네가 그 안에 있다 여기,
　아니, 여기 말고 네가 칭얼대던 햄버거집 유리창을
들여다본다. 여기 말고, 아니 여기! 저기! 저기!
　저기, 불붙는 추억을 가진 자장면 부르튼다

　시간이 된 것이다
　종영될 시간이다 이제,

내 시의 시간이다
자막이 아래로부터 올라온다
오글오글
죽음이 꽃핀다

물을 때는 밤이다

물을 때는 밤이다

신반포에서 해방촌까지 물먹은 군화가 저벅거렸
다

국방색이 남산터널을 통과할 때 나는 바라크에 있
었다

데모는 울고 나는 웃통을 벗었다 어느새 사월이었
다

청바지는 물들고 벚꽃은 지고 나는 12살에서 42살
이 되었다

나는 북학의北學議 따위에서 얻은 질료로 근육을
키웠다

개고기를 먹기 시작했으며 무크지 실천문학을 읽

었다

　해방촌 버스 종점에선 아이들의 고무줄놀이가 횡
행했다

　내 먹통의 귀가 열려서 '금강산 찾아가자 일만 이
천 봉' 이 들렸다

　화곡동 고은高銀에게서 엽서가 왔다

　──시는 아직까지도, 아니 죽도록 가장 빛나는 혁
명가만이 깨닫는 행복이오.

　울컥울컥 여자들은 양변기에 빛나는 생리대를 버
렸다

　구름에 적신 연장을 챙겨 나는 아파트를 들락거렸
다

공중에서 따끈따끈한 새의 혀를 훔쳤다

사월의 창경원은 목마를 탄 처녀들로 붐볐다

한신공영주식회사는 쑥쑥, 여기저기 아파트를 낳
았다

물을 때는 밤이다

산 첩첩 물 겹겹

물고기는 아파트 주차장 고인 물에 謹弔라고 쓰더라

이 세상 꼼짝없이 가을이더라 소문에 익을 것은 드문드문 익고 산중수복山重水復 영락없는 가을이더라 아내의 머릿결은 거칠어졌으며 아파트 입구에서 사과 한 봉지 사지 못했다

새는 구름의 등허리에 賻儀라고 새기더라

가을은 모가지부터가 가을이더라 이제 가슴은 필요 없게 되었다 기다림이 너무 많았고 기다림은 자세를 바꾸지 않았다 익은 것은 드문드문 떨어지고 공장의 기계들은 식었다

소주병이 쌓이는 밤의 발코니에서 물고기는 뛰어내리더라

이 세상 영락없이 가을이더라

빨강에서 초록까지 노랑이 모두 죽는다[6]

너희들은 마신다 빨강
초록을 뚫고 노랑에 이르기까지
마신다 철철 부어 염치없게
너희들의 잔에 실제로 겨울이 오고
필요하기만 하다면 겨울이 어떻게
여름을 대신하는가를 보여주는 어떤 죽음 앞에서
마시고 또 마신다
너희들이 익숙한 신문에 몰두하는 동안
나는 여러 개의 칼끝이 겨눠질 게 분명한 시 한 편
을 쓰겠다
바위의 이름을 빌려 어둠을 지배하려는
올빼미가 발톱을 내민다
나는 노랑을 찢고 그 죽음을 들여다본다
죽음이란 집요하게 남아 있는 이 지상의 음료
'빨강에서 초록까지 노랑이 모두 죽는다'
실제로 죽음이란 쉽사리 추방되는 것이 아니어서
대수롭지 않게 잔을 비워내는 너희들
겨울이 어떻게 여름을 대신하는가를 되물으면서

요컨대 죽음은 뛰어내리는 이미지
노랑이 펄럭거리는 빨강—초록의 손아귀에서
올빼미의 자상함이 드러나는 깃털의 밤에
너희들은 마시고 또 마신다
올빼미의 발톱이 바위에 얼음을 새긴다
저 불가피한 이미지들, 나는 후후 입김을 분다

6) 아폴리네르의 『상형시집』에 실린 시 「창」의 한 구절.

너는 다섯 개의 나뭇가지를 던진다

〈다섯 개의 나뭇가지를 던진다_ 박博

날 샜다_ 명明〉

밤이 던져주는 그물에 걸린 여름으로부터 방울을
달고 나온 어둠의 굴뚝에서 피어오르는 새벽이 달을
기울여 쏟아내는 새들의 정액을 따라 강의 하류에 이
르면 나이 든 여자를 낳는 숭어가 흘린 눈물이 너에
게 도착한다.

너는 강에서 어머니, 달, 샘솟는, 농경農耕을 건져
내고 그 대신 납, 비닐자루, 시드는, 폐경閉經을 집어
넣는다.

찔레나무

이곳은 찔레나무의 고장. 흐르는 물이 찔레나무를
돕는다. 가끔 구름이 장미와 뒤섞인다. 우리는 구름
에서 채취한 꿀의 문장을 가다듬는다. 우리의 서류
는 찔레나무 속에 들어 있다. 우리들 각자가 사인한
서류만이 꽃을 피운다. 가시는 훨씬 왕성해지면서.

당신이 왜 내 서류에 사인을 하는 거요!

우리는 각자의 페이지를 가지고 있소.
하나는 삶이라는 서류요.
또 하나는 분노라는 서류요.
다른 하나는 별빛이 담긴 자루라는 서류요.
또 다른 하나는 가족이라는 서류요.
잉걸불이라는 서류, 샘에 심지를 내린 촛불의 서
류.

그런데 *당신이 왜 내 서류에 사인을 하는 거요!*
정치학의 호적부에 등재되어 있는 물대포로, 인두

로, 재로,

이곳은 금온禁溫의 고장, 입술과 입술을 포갤 수 없고 손이 다른 손을 잡으려면 신고해야 한다. 찔레나무에서 꽃이 핀다. 그것을 따서 우리는 손바닥으로 비빈다. 우리의 피가 잉걸불이라는 걸 알기에 사람들은 찔레나무가시가 자라는 것을 지켜본다.

Ⅰ. 한유은지

목격자 :
모래의 날들이 계속된다,
꿀의 망루를 지켜라.
삶을 망치로 두드리는 자가 나타날지니.

한유은지 :
내 소망은 저 자극적인 은행가銀行家,
저 신경질적인 정책에 보라색을 바르는 일.

II. 정읶새

감염자 :
어떠한 밤도 속일 수 없다.
어둠을 발견하고 쓰는 것은 시인이지만,
사랑은, 거대한 사랑은
실천하는 자들의 것이니까.

정읶새 :
찔레나무가시가 번지는 것을 바라볼 것.
그리고 어깨를 받칠 것.

격려 받은 자들의 출혈이 얼음의 형상을 드러내고
야 만다.

III. 김종삼

전도사 :

기도하시지요. 하나님은 간절한 기도에 응답하는
분이랍니다.

김종삼 :
하나님은 어느 누구의 기도도 듣지 않는다 한다.
죽은 이들의 기도만 듣는다 한다.

IV. 최슬

국회의원 :
나는 일한다.
4대강을 위해, 재개발을 위해.

최슬 :
너에겐 일이겠지만 우리에겐 슬픔이다.

V. 함민복

작명가:

당신의 이니셜은 MB, 기분 나쁘지 않소?

당신은 가난한 시인,

무료로 작명을 해줄 터이니 이름을 갈아보지 않겠
소?

함민복 :

누군가는 내 이름에서

(백성 민民 엎드릴 복伏)

엎드린 백성의 냄새가 난다고 했다.

어느 날의 촛불집회, 엎드려 불의 눈물을 닦아주고
있을 때

경찰의 헬멧이 내 콧잔등을, 경찰의 방패가 내 머
리통을

가격했다. 내 시에 어혈이 생겼다.

어쨌든 내 시는 돌멩이에 작은 혈관을 내준다.

VI. 김엘레나

오이풀은 김엘레나의 입을 통하여 말한다.

수박냄새 나라 수박냄새.
참외냄새 나라 참외냄새.

미쳐가는 여자 김엘레나가 청계를 향해 신발짝을
두드린다.

제발, 사람냄새 나라 사람냄새.

VII. 강니은

일터에서 늘 늦게 집으로 돌아가는 강니은 씨는 알
고 있다. 택시들이 줄지어 늘어선 정류장에서 자본
주의적 충고를 크게 틀어놓은 모범택시가 내뱉는 침
에 가난한 사람들이 곧잘 더러워진다는 것을.

이 세상에 돈 없는 것들은 모범이 아니야, 퉤.

VIII. 천태호

천태호 :
쥐와 혼례하는 자들이 늘어난다.
당신은 그걸 믿을 수 있소?
냉동고에 영혼을 집어넣고 열지 못하게 하는 자들
이 우글거린다.
마찬가지로 당신은 그걸 믿을 수 있소?

나 :
레아호프에 머문다. 내 시는 아직 승인되지 않는
다.

간이

동작동

여름은 쥐똥나무 잎새로 새로워진다
바람은 언제나 어린 것 어린 잎사귀나 흔들고
이곳에도 북망北대의 소의肯衣자락이 흔들려서
그대들의 유월은 늘 지난 유월이 된다
그렇다 바람이 불어도 우리는 흔들릴 줄 모르고
다만 가난한 밤 풀벌레 소리가
그대들의 여름
무더위를 배회하면서 흔들려 사위어질 뿐
여름은 에프킬라 냄새로 빨리 사라진다
날밤, 가슴팍 새롭고자 눈물 참아 지새워도
땅속이었다가 하늘이었다가 하는 세월에
우리는 이조의 골동처럼 익숙해져서
간이연애 간이애국으로
그대들의 여름 앞에 목 떨구어
다채로운 조화造花 몇 묶음을 던지지만
아, 비루하구나
그대들 어깨동무 시절로 병들지 않고 살아서
그대들의 유월 마파람에 흔들릴 줄 모른다

그렇다 바람이 불면 잡풀이나 흔들리고
그대들의 유월은 늘 지난 유월이 된다

수작酬酢
다시 동작동

나는 그대들을 이루지 못한다
올 여름에도 신종 아이스크림을 먹고
비교적 남루한 동해를 오래도록 바라보았다
내 연애는 완성되지 않고
연애론만 물결 위로 기웃대다가
비교적 머뭇거리다가 파도가 무르팍까지 넘어지
다가
넘어지는 욕망 일절을 코닥칼라에 넣었다
── 넘어지는 게 사랑의 시작일 거라
── 넘어져서 시작하는 게 사랑일 거라
내 애인은 완성되지 않고
올 여름에도 나는 애태우며 모가지만 태웠다
나는 넘어진 그대들을 이루지 못한다
넘어지는 그대들의 살, 그대들의 뼈
그대들의 등뼈 광대뼈 광채나는 뼈
뼈 넘어져 풀뿌리 되는
살 넘어져 물방울 되는 넘어져서
시작한 그대들임을 열렬한 그대들임을

내 애인이 모르듯 내가 이토록
현혹되지 않고 내가 이토록 넘어지지 않고
동해를 바라본 민망함을 모르듯
올 여름에도 내 사랑은 완성되지 않았다
——넘어지는 건 수작이 모자라는 거라고
——넘어지는 건 고독한 짓이라고
올 여름에도 만원버스에 흔들리면서
안 넘어지려고
안 넘어지려고 손잡이에 매달리면서
나는 그대들을 이루지 못했다

신장개업

고통이 없는 사내는 시의 점포를 개설해서는 안 된
다
수익은커녕 곧바로 임대료도 감당 못할 테니까 말
이다

울부짖는 늑대의, 새 · 춤 · 숲

장 석 주

"저녁이 되었다. 용서하라. 저녁이 된 것을!" — 니체

1. 새

한우진의 시들은 흘러가버린 청춘을 위한 만가輓歌다. 청춘이란 덧없는 연애에 목숨을 걸기도 하고, 혁명을 위한 격문을 쓰느라 밤을 새기도 하고, 꿈과 현실의 경계에서 통음痛飮과 가무歌舞로 아픔을 달래기도 하는 나이다. 이를테면,

그대여 옷을 갈아입고 가을 내내 흐른 시냇물에 발목을 담갔습니다 그러므로 밀감 냄새나는 개울물, 야윈 별이 떠서 서쪽으로 쏠리고 새벽까지는 제 사춘기 남루를 씻었습니다 비로소 감나무 그림자가 깔리는

그 집 마당엔 달빛이 발자국으로 남을 것입니다 달빛
에 채이며 그대를 보채던 창호지그리움은 아예 개울
물에 적셨습니다 그대여 이제는 부서질 대로 다 부서
진 다음 어느 풀잎 하나에도 맺히지 않고 물방울로 그
대 시린 손바닥에 이르겠습니다 그리하여 산은 제 모
가지를 끝까지 물들이고 우유빛깔 흉터를 밤에 남길
것입니다

—「회복」전문

「회복」 같은 시를 읽을 때, 그의 상상력이 탈정치
적이며 과도한 탐미본능에 의해 움직인다는 사실을
재빨리 알아챈다. 밀감 냄새 나는 개울물, 야윈 별,
사춘기 남루, 발자국으로 남는 달빛, 달빛에 채이며
보채던 그리움…… 같은 어사는 낭만적 청년이 보여
주는 전형적인 상상력의 산물이다. 아직 만개에는
이르지 못하고, 지는 일은 먼 미래의 일인데, 벌써 몰
락의 징조들을 선취해서 우울의 근거로 삼는 하염없
는 자들! 청춘이란 쓸데없는 우울과 근심을 지고 사
막을 건너가는 나이다. 처음 부딪친 세상의 단단함
에 말랑말랑한 자아는 상처를 받고, 그 상처 때문에
또 다른 상처를 만드는 것도 청춘의 일이다. 청춘의
나이를 훌쩍 지나 중년에 안착한 한우진은 여전히 길
들여진 개가 아니라 거친 숲속에서 울부짖는 늑대로

산다. 늑대란 "자신을 하나의 운명으로 받아들이고, 더 이상 다른 것을 기다리지 않는"(니체) 존재의 다른 이름이 아닐까? 한우진은 푸릇한 상상력과 과잉의 열정, 그리고 순도 높은 탐미본능으로 세상을 꿈꾸며 지나가는 청춘이다. 그런 까닭에 춤과 술에의 도취, 가볍게 나는 것, 높이 올라가는 형이상학적인 것에 이끌리는 삶, 상승하는 힘에의 예찬은 청춘의 징후이다.

발치에 떨어진 새의 노래를 끌어올려 높은 데로 보내려고 나무는 서서 버티는 것인데 꽂꽂하게 수직으로 버티는 것인데, 그리하여 새는 옆으로 나는 것이다 나무의 고통을 전하러 멀리멀리 수평으로 날아갔다가 돌아오는 것이다 가령, 벌목꾼들이 나무를 쪼개거나 숨통을 조이면 거기서 으름씨로 쏟아지는 촘촘한 새의 고백록을 발견하게 되는 것인데 간혹, 숲을 빠져나오지 못한 벌목꾼은 새의 통곡을 뼈저리게 듣기도 하는 것이다

— 「나무와 새」 전문

「나무와 새」는 나무의 수직성과 새의 수평성이 엇갈려 만든 십자가에 대해 노래한다는 점에서 청춘의 어떤 기미와 관련이 있다고 본다. 물론 십자가는 고

통의 상징물이다. 나무가 지하로 뿌리를 내리고 하늘로 가지를 뻗는 수직의 붙박이 인생의 표상이라면 새는 솟구쳐오르는 본성, 혹은 뿌리 없이 자유롭게 날아다니는 공기의 정령精靈이다. 공기의 탄력을 발뒤꿈치로 받으며 나는 새들에 매혹당하지 않는 청춘이 어디 있으랴! 그것은 이루지 못한 청춘의 꿈을 품고 공중에서 자맥질하는 요정이다. 나무가 수직으로 서 있는 것은 새의 노래를 더 높은 데로 보내기 위함이다. "새의 노래를 끌어올려 높은 데로 보내려"는 나무와 "나무의 고통을 전하러 멀리멀리 수평으로 날아갔다가 돌아오는" 새의 관계는 한 자아 안에 있는 멈춤/운동성, 하강/상승, 가벼움/무거움의 모순형용을 드러낸다. 나무는 나이테로 기록하고, 새는 소리로써 제 현존을 알린다. 나무를 쪼갰을 때 그 안에서 쏟아져나오는 "촘촘한 새의 고백록"을 발견하고, 숲을 빠져나오지 못한 벌목꾼들은 "새의 통곡"을 듣는다.

새의 이미지를 한우진의 여러 편의 시에서 발견하는 것은 이상한 일이 아니다. "새와 구름이 서로 닮아가는 것은 추위 탓만이 아니다. 꿈을 씹다가 강가에서 뱉었지만 추억의 흔적은 없고 강은 얼음을 잃었다. 이제 강은 사랑을 말하기엔 적소가 아니다."(「봄강에 채우는 얼음 혹은 온더록스」), "새가 요염을 구슬릴수록 나는 / 자두나무 가지를 오르락내리락하는 / 물의 노동자 / 한 번도 드러난 적 없는 체위"(「아우구리움」) 같은 구절들을 보면 시인의 상상세계 속에서 새의 이미지에 대한 편애가 있음을 알 수 있다. 새의 이미지들이 나타날 때 실재 reality의 밀도는 줄고, 환상성은 커진다. 이를테면 "책을 열어주는 나무"는 대지의 지혜를 쓰다듬는데, 그 "지혜의 머리칼"을 먹잇감으로 삼는 새들은 제 "깃털 속에서 어둠이 돋아나는 것을 알아채고 그것을 퍼트렸다". 그 나무와 새들을 노래할 때 시인의 목소리는 신화 전달자의 그것으로 바뀐다(「포폴부」).

구름 때문에 바지가 흘러내렸다
문장 하나가 완성되자
꿀에 가까워지는 여자들,
늑골 사이로 저녁놀이 삐죽거린다

만조에 다다른 밀밭의 아랫도리,
여름의 발굽이 잇다홍을 퍼트린다
어떤 문장이 증발하기 전에
모자를 벗고 모자에
유두만 골라 따 담았다

— 「딸기」 전문

한우진 상상세계에서 '새'는 "꿀에 가까워지는 여자들"과 동종同種이다. 그들은 가볍고, 지저귀고, 사랑스럽다는 점에서 닮아 있다. 바지는 구름 때문에 흘러내리고, 저녁놀은 늑골 사이로 삐죽거린다. 밀밭의 아랫도리는 만조에 다다르는데, 성애를 암시하는 이 구절들은 어떤 문장들의 완성과 상관이 있다. 시의 화자는 "어떤 문장이 증발하기 전에" 제 모자를 벗어 딸기밭의 "유두만 골라 따 담"는다. 사랑의 행위와 문장을 완성하는 것은 미적 쾌락의 범주에서 동일한 것이라는 얘기를 하는 걸까? 나로서는 시적 비약이 쉽게 납득이 되지 않지만 '새'와 '여자들'은 동일하게 겹쳐지고, 「아우구리움」에서 "새가 집요하게 지저귈수록 나는 / 당신이 모르는 체위 / 꿈속에서도 나타난 적이 없는 체위"라는 구절을 보면 '새'의 지저귐과 사랑의 체위는 일정한 상관관계가 있다.

2. 춤

니체는 웃음과 춤과 놀이가 가진 형이상학을 가장 잘 이해한 철학자였다. 그는 "그대들 자신을 넘어서 웃는 법을 배우라!'고 권유하고, 그가 찾아낸 초인인

"차라투스트라는 춤추는 자고 가벼운 자"라고 단정
했다. 특히 춤은 니체의 사유에서 없어서는 안 될 은
유이다.[1] 어느 날 저녁 차라투스트라는 제자들과 함
께 숲속을 가로질러 샘을 향해 가고 있다가 푸른 풀
밭에서 소녀들이 어울려 춤추고 있는 광경을 봤다.

소녀들은 낯선 사람들을 보고 춤을 멈췄다. 그때
차라투스트라는 이렇게 말한다. "사랑스러운 소녀들
이여, 멈추지 말라! (중략) 발놀림도 경쾌한 자들이
여, 내 어찌 신성한 춤에 적의를 품을 수 있겠는가?
내 어찌 예쁜 복사뼈를 가진 소녀들의 발에 적의를
품을 수 있겠는가?"[2] 한마디로 니체가 찾아낸 초인
의 조건은 웃는 자, 춤추는 자, 놀이하는 자다. 춤은
대지의 무거움을 공기의 가벼움으로 바꾸고, 웃음은
고통의 무거움을 기쁨의 가벼움으로 바꾸고, 놀이는
노동의 무거움 때문에 낮아진 존재를 가볍게 만들어
높이 떠오르게 하는 그 무엇이다. 웃음과 춤과 놀이
는 어린아이들의 전유물이기도 하다. 어린아이란
"천진난만이요, 망각이고, 새로운 시작, 하나의 놀이,
스스로의 힘에 의해 굴러가는 수레바퀴, 최초의 운
동, 그리고 무엇보다 신성한 긍정"[3]이기 때문이다.
춤은 새나 어린아이와 같이 가벼움을 익힌 자들이 대
지에 부여한 새로운 이름이다. 그 반대편에 낙타가
있다. 낙타는 무거운 짐을 지고 사막을 가로지른다.

말할 것도 없이 낙타는 대지의 수고와 그로 인해 생겨나는 모든 피로들을 떠안고 가라앉는 존재들을 가리킨다. 수고는 현재에 대한 '유죄 판결'이며 노동과 대지에의 '예속'이다. 왜 그럴까? 한 철학자는 이렇게 설명한다. "수고는 피할 수 없는 하나의 현재로서의 순간을 떠맡기 때문이다. 수고는 이 영원성—이 영원성을 향해 수고는 열려 있다—에서 벗어나지 못한다는 하나의 불가능성이다. 왜냐하면 수고는 전적으로 순간을 떠맡고 있고, 순간 속에서 수고는 영원성의 진지함에 직면하기 때문에, 즉 수고는 유죄 판결이기 때문이다."[4] 그 수고, 그 유죄 판결에서 자유롭게 된 자리에 춤은 피어난다.

그 시절에는 토슈즈, 코르셋, 그리고 노을이 있었다. 새들은 검었으며 장미는 로댕 앞에서 피었다. 발은 물결에 놓이고 불에 덴 아이들이 있었다. 지금은 오후 세시 같은 사내가 제일 형편없지만 그 시절 오후 세시에 이사도라 덩컨은 신났다. 무용학교는 다른 학교가 문을 닫는 오후 세시에 봄이 하늘에 굵은 립스틱 한 줄을 긋는 것처럼 색색하게 열렸다. 그녀는 외쳤다. "바다—행복" ——물결 위의 소녀, 밤의 리듬인 별, 어둠의 세력인 별, 관능에 몰두하는 바람이 있기에 바다야말로 인간의 몸짓과 가장 깊숙이 관련돼 있다고 할 수 있을지니.

(중략)

칠흑의 마루에 항아리가 구른다. 편도선이 부은 장미가 긴 목을 뽑아 올리고 있다. 의인화하지 말아야지, 변비에 좋은 시는 자두, 신경질적인 자두라도 자두는 자두 변비에 좋은 시. 무용학교에서 풍금소리가 들린다. 건반을 누를 때마다 무용학교 건너편 풍금아파트에 불이 하나 둘 켜지고 구름엘리베이터가 내려온다. 수사하지 말아야지, 숨쉬기에 좋은 시는 자연, 아무리 어눌한 자연이라도 자연은 자연 숨쉬기에 좋은 시. 칠흑의 마루에 솔이 미끄러진다. 턱을 괴고 있던 이사도라가 벌떡 일어나 시를 춤춘다.

(중략)

그 시절에 새들은 검었으며 다들 아이를 낳기 전에 결혼했으며 영향 받기를 거부한 새에겐 비난이 덮쳤다. 모욕이 뒤섞였다. 딸을 낳자 도나우 강기슭에서. 아들을 낳자 예세닌. 고든! 장미꽃잎을 흩뿌려라. (그녀의 몸은 불덩이로 변해 이글거렸다) 봄 바다로 뛰어들기 전에 그녀는 율동의 샘에서 목을 축였다. 탐욕이

오기 전에 모독이 가해지기 전에, 그녀는 처음인 양
뛰어올랐다. 북소리가 들리고 푸른 공기 속으로 그녀
의 육신이 명주고름처럼 스르르 풀렸다. 그녀는, 그녀
의 몸은 춤의 정신에 이르는 도구에 지나지 않았다.

— 「무용학교」 부분

「무용학교」에서 '춤'은 '시'와 하나다. 전설의 무
용수 이사도라 덩컨이 벌떡 일어나 "시를 춤춘다"고
하지 않는가! "그 시절에는 토슈즈, 코르셋, 그리고
노을이 있었다. 새들은 검었으며 장미는 로댕 앞에
서 피었다. 발은 물결에 놓이고 불에 덴 아이들이 있
었다."라고 시작하는 이 시는 인생의 가장 찬란한 한
때 "무용학교" 시절, 다름아닌 청춘의 빛남에 대한
찬탄의 시다. 춤은 여러 신체 동작 중에서 "물질적이
고 육체적인 본질을 표현하고 찬양한다. 춤은 그 찬
양의 일부로서 성성sexuality을 찬미하고 고귀하게
하며, 그 형식과 동작은 생명에 필요한 힘들과 조화
를 이루고 그 힘들을 상징한다."[5] 춤추는 신체에 새
겨진 것은 "복종과 명령의 재빠른 수행"(니체)에서
벗어난 그 무엇에도 강제되지 않은 자발성이다. 춤
은 발끝으로 온몸의 하중을 지탱하고 가볍게 서 있거
나 아무 무게를 갖고 있지 않은 듯 바닥에서 솟구쳐
올라 찰나를 구름처럼 공중에 떠 있다. 그대 몸은

"속박에서 풀려난 공기 같은 몸, 수직적인 몸"(알랭 바디우)이다. 분명히 춤에 대한 은유로 읽히는 "칠흑의 마루에 항아리가 구른다. 편도선이 부은 장미가 긴 목을 뽑아 올리고 있다. 의인화하지 말아야지, 변비에 좋은 시는 자두, 신경질적인 자두라도 자두는 자두 변비에 좋은 시. 무용학교에서 풍금소리가 들린다. 건반을 누를 때마다 무용학교 건너편 풍금아파트에 불이 하나 둘 켜지고 구름엘리베이터가 내려온다."와 같은 구절은 하염없이 아름다운 것에 매혹당하는 시인의 상상력을 잘 펼쳐 보여준다.

춤은 "물결 위의 소녀, 밤의 리듬인 별, 어둠의 세력인 별, 관능에 몰두하는 바람"의 이미지를 부른다. 그리고 무용하는 소녀들에 '새'의 이미지가 슬그머니 겹쳐진다. 보라, "그 시절에 새들은 검었으며 다들 아이를 낳기 전에 결혼했으며 영향 받기를 거부한 새에겐 비난이 덮쳤다." 춤은 가벼운 자들의 전유물이며, 소녀들과 '새'들은 중력의 악령들이 건드리지 못하는 가벼움과 상승의 딸들이다. 무엇보다도 춤은 중력의 악령에 사로잡힌 몸의 물질성에서의 해방이다. 그런 까닭에 춤은 솟아오르는 샘, 나는 새, 공기가 품은 내밀한 운동성 그 자체다. 그것들은 중력의 악령을 무너뜨리는 이미지들의 계열에서 한 몸이다. 춤은 중력의 악령을 무너뜨린 뒤 대지를 공기와 같은 그 무엇으로 바꾼다. 공기 안에서 중력의 끌어당김을 끊어버린 몸은 가볍게 떠오른다. 가볍지 않다면 솟구치거나 날거나 대지 위에 떠 있을 수 없다. 그런 맥락에서 가벼움은 중력의 곤경을 공기의 기쁨으로 전환하는 춤의 필요조건인 셈이다. 그렇다면 가벼움이란 무엇인가? 가벼움이란 "몸이 스스로를 매여 있지 않은 몸으로 드러내는 능력이라고, 자기 자신에게도 매여 있지 않은 몸으로, 다시 말해 자신의 충동조차도 거역하는 몸으로 드러내는 능력이라고" 이해해야 한다. 춤은 빠름으로 실현된 운동성 속에 숨은 느림의 드러냄이다. 춤은 찰나 속에서 현현하는 놀라움 그 자체다. 그것은 중력의 지배에서 벗어나는 순간에서조차 중력의 위력에 포박된 제 몸을 찰나 속으로 높이 솟구쳐 오르게 한다. 그것은 중력에서 벗어나되 여전히 벗어남의 유보 속에 머물며, 땅을 벗어나 높게 솟구쳐오르되 여전히 그 솟구쳐오름 안에 땅에 주박된 몸을 위치시킨다. 춤은 찰나 속에서 나타나는 영원함이고, 빠름 안에 숨은 느림이며, 움직임 안에 숨은 움직이지 않음이다. 그러므로 "춤은 어떤 경지에 이른 극도의 민첩함 속에서 숨겨진 느림을 드러내며, 그 느림 속에서는 일어나는 일과 그것의 유보가 서로 구별할 수 없는 것"[6]으로 나타난다.

무용학교에서

　　필요한 건

　　　　신발이 아니라 리듬이잖아

코르셋의 끈을

　　잘라내고

　　　　날개를 달아야겠어

── 「무용학교」 부분

「무용학교」에서 어떤 시행들은 짧게 끊어지면서 계단 형태로 비스듬히 배열된다. 이는 춤의 동작을 암시하는 것으로 보인다. 리듬에 맞춘 걸음걸이, 춤 출 때의 스텝들. 춤추는 자들은 제가 춤을 추는 것이 아니라 어떤 힘에 의해 춤으로 떠밀려 들어온 느낌에 빠진다. 춤추는 자들은 어느 순간 절대의 도취와 감흥 속에서 제 인격적 개별성을 잃어버린다. 그것은 어디로 가는가? "무용학교를 / 빛나게 하는 건 / 태양 에스컬레이터에서 내리는 신들의 출근"이라는 구절은 수사修辭의 과잉이라는 느낌이 없지 않으나 어쨌든 춤이 "신에게 봉헌된 것"(횔덜린,「빵과 포도주」)이라는 관념을 일깨운다. 이것은 "춤은 철학자의 이상이며 그의 예술이고, 궁극적으로는 또한 그의 유일한 신앙이며 '신에 대한 그의 봉사'"(니체,『즐거운 학문』)라는 니체의 언급과도 일치하는 바다.

3. 숯

　한우진의 가장 좋은 시편들은 그 시적 자양분을
'가족'에게서 길어낸다. 어머니·아버지·형·아
내·딸들이 나올 때 그의 시편들은 상상력의 기초대
사基礎代謝에서 풍부함과 윤택함을 드러낸다.

　아버지는 북이다 한 번도 북을 두드려보지 못하고
북을 향해 누웠다 나는 생전의 아버지 앞에서 한 번도
북을 위로 놓고 지도를 펴보지 않았다 북을 발밑에 깔
고 남으로 서울을 지나 괴산, 충주를 손톱으로 눌렀다
피 묻히고 얼룩진 자리가 고향이 아닌가요, 나는 우기
고 싶었지만 아버지는 북을 따뜻한 남쪽으로 그리워
했다 형편없는 마당이었지만 목련은 피었다 목련은
남을 등지고 북으로만 꽃을 피웠다 아직 맺히지도 못
한 나는 아버지 등을 돌려보세요, 이쪽이 따듯한걸요,
남풍이 불어도 아버지는 북을 향해 단추를 풀었다 북
창이 많은 집일수록 아버지는 값을 높게 쳐주었다 내
가 북리北里에 편지를 써대기 시작할 무렵 북관에서
새들이 날아올랐다 그것 보렴, 두드릴 수 있다니깐 그
러나 새들은 얼음덩어리로 북적거렸다 아버지는 누가

두드려주지 않는 북처럼 윗목에 놓여졌다 아직도 아
버지는 북이다 어김없이 올해도 나는 북을 향해 아들
과 함께 절을 하였다 아버지 북 받으세요,

── 「북」 전문

「북」에 따르면 아버지의 고향은 북쪽이다. 그가 북
을 떠나 고되게 몸을 부린 곳은 괴산, 충주 등이다.
그는 남쪽에 와서도 태어난 자리인 북쪽을 그리워한
다. "북창이 많은 집일수록 아버지는 값을 높게 쳐주
었다"라는 구절은 그 그리움의 깊이를 암시한다. 이
시에서 북은 방위를 지시하는 북北이며 동시에 두드
리는 북이다. 아버지는 아무도 두드려주지 않는 북
이다. 그의 아버지는 실향민이고, 그 탓인지는 모르
나 그의 가족은 가난했던 모양이다. "군데군데 어둠
에 손을 데인 어머니 / 늦게 오시고", "알록달록 연애
가 끝나고 / 아내는 반지하 단칸방에 도배를 했다",
"나는 철공소에서 늦도록 못을 만들고 / 못대가리처
럼 쓰러져 막차로 돌아왔다", "기울어진 가계家系에
찬바람 드는 창문만 늘어났다", "아내는 처녀 적 옷
으로 커튼을 만들고"(「등이 벗겨진 나무는 엎드려 울
지 않는다」)라는 구절들은 가난 체험의 흔적들을 숨
기지 못한다. 그러나 그 가난의 억압성이 그리 커보
이지는 않는다. 아마도 청춘의 관례와 같이 가난을

치러낸 것으로 보인다. 가난 속에서도 청년은 문학
에 대한 꿈을 포기하지 않는다. "개고기를 먹기 시작
했으며 무크지 실천문학을 읽었다"(「물을 때는 밤이
다」) 같은 구절은 문학청년기의 불가피한 체험을 슬
쩍 드러낸다.

좋은 나무는 산꼭대기에 있단다, 어머니는 내게 고
약을 듬뿍 붙이며 혹독한 바람을 견딘 나무가 마디단
다, 나는 형들을 제치고 재빨리 어른을 베꼈다 뻘뻘
장남 아닌 장남 땔감 아닌 땔감 청솔가지는 눈을 맞아
푸르렀다 흥청망청 눈발이 물참나무에서 술을 거르고
나는 불머리를 앓았다

가난은 태우면 태울수록 겨울밤을 견디는 숯이 된
단다, 겨울이 시작되자 큰형은 폐병肺病을 꺼냈다 나
무에 걸려 있던 구름이 제법 울긋불긋해지고 새들은
비린내를 풍겼다 축축한 곳에서는 혼도 녹나기 십상
이란다, 어머니는 머리카락을 잘랐고 나는 불을 지폈
다 뻘뻘 항아리 안에 형을 안쳤다

눈물이라도 남았냐고 시냇물은 찔찔거렸다 불은요
밟아도 삐죽삐죽 돋는 새싹 같은 걸요, 나는 젖은 채
로 된바람과 맞섰다 징집당한 눈발이 자싯물의 밥알

처럼 흩어졌다 어둠이 모이면 나는 불의 유행가를 불
렀다 유목乳木에 걸터앉아 날이 샐 때까지 비릿한 숯
을 누었다

—「숯」 전문

"불은요 밟아도 삐죽삐죽 돋는 새싹", "징집당한
눈발이 자싯물의 밥알처럼 흩어졌다"와 같이 수일한
표현을 보여주는 「숯」은 어둡고 슬픈 가계家計를 드
러낸다. 그의 집은 여전히 가난하고, 아직 어린 '나'
는 어른 몫의 노동을 감당하고, 큰형은 영양실조나
비위생적 환경의 산물인 폐병을 앓고 있다. 어쩐 일
인지 이 시에 아버지는 나오지 않는다. 당연히 아버
지가 맡아야 할 양육자와 훈계자의 몫은 어머니에게
로 돌아간다. 어머니는 자칫 물러질 수 있는 자식들
에게 "가난은 태우면 태울수록 겨울밤을 견디는 숯
이 된단다"라고 정신의 견고함을 독려한다. 이때
'숯'은 시련을 견딘 정신의 견인성堅忍性을 보여주는
상징물이다.

'숯'과 '재'는 불과 쌍을 이루는, 혹은 불과의 상
관관계에 의해서만 존재증명을 할 수 있는 동일계열
의 이미지, 질료적으로 동일체다. 숯은 잠재적인 불
을 품고 있는데 반해 재는 불의 고갈이다. 재는 더는
아무것도 남지 않은 것, 무無, 마침내 가 닿은 휴지休

135

止, 차가운 소멸의 표상이다. "무릇 내 청춘에 재라도
남았느냐고 / 바람이 분다"(「12월」)라고 할 때 그 울
림이 쓸쓸한 것은 그 때문이다. 시인이 앓았던 질병
들, 그 불행과 우연들, 공포와 현기증, 가난과 청춘은
세월의 불쏘시개가 되어 재로 남는다.

불혹 이전의 것은 모두 죽었다 아니, 죽였다 한 짐
의 장작과 한 통의 석유, 시신詩身 하나에 하나씩 말린
담요, 강으로 가는 길은 새벽이 좋았더라 짊어지고 가
기에 좋았더라 아버지가 앞서고, 아버지는 일어선 돌
부리에 걸리지 않고 가벼운 생, 나는 담요에서 빠져나
온 새의 깃털을 주웠다 책보다 큰, 나뭇잎보다도 얇고
간결한 넓은 풍류風流를

꽃을 말아 올리는 새의 휘파람은 달밤이 좋았더라
듣기에 좋았더라 나는 강가에서 태우지 않은, 아버지
몰래 숨겨 가지고 온 깃털을 책에다 끼웠다 책은 따뜻
했으며 그것만이 온전했던 풍요, 지탄枝炭으로 사라졌
다가 밤이면 돌아오는 책, 숲의 문법이 돋아나던 책,
만지기에 좋았더라 불타오르기 좋았더라 나는 애무와
아궁이 같은 욕망을 시루에 길렀다

시루에 물 퍼붓기, 열 길 물속 아버지 한 길 물속 어

머니, 식어가는 화로에 쌓이는 재는 옥수수 밭에 주어
야지 너무 먼 데 있는 경작耕作, 씨 뿌릴 데 없는 땅 쳐
다보며 화전火田의 꽃 걷어내기, 바람은 아버지의 발
견 샘은 어머니의 발견, 봄은 결심하기 좋았더라 땀
흘리기에 좋았더라 나는 우물 옆에서 사진을 찍고 나
무울타리 빽빽한 추종騶從의 문을 열었다

—「입문」 전문

불혹 이전의 것은 모두 재로 사라졌다. 한우진은
먼 길을 돌아 마침내 시신屍身과 동음이의어인 시신
詩身으로 섰다. 주검은 곧 새로운 탄생, 소멸을 거쳐
이루어지는 신생이다. "책은 따뜻했으며 그것만이
온전했던 풍요, 지탄枝炭으로 사라졌다가 밤이면 돌
아오는 책, 숲의 문법이 돋아나던 책"은 그의 문학 인
생에서 재와 같다. 불이 꺼지고 남은 재는 원소로 돌
아가 살아 있는 식물들의 자양분이 된다. "식어가는
화로에 쌓이는 재는 옥수수 밭에 주어야지" 이제 한
우진의 시는 책의 자양분에서 나오지 않고, 그 책을
태운 재가 뿌려진 '옥수수 밭', 그 현실의 경境에서
길러지고 수확될 것이다. 한우진의 시들은 너무나
많은 미래를 품고 있다. 오지 않은 것들을 품고 오늘
을 견디는 자의 내면은 순결하고 고통스럽고 슬프
다. 죽음과 허무에 이끌리면서도 이 가혹한 삶의 어

여쁨에 넋을 잃는, 초기 고은의 위악적 탐미주의의
시가 그렇듯, 혹은 기형도의 절망과 비탄으로 얼룩진
청춘의 비망록을 보여주는 절명시가 그렇듯. 한우진
의 첫 시집은 끝내 죽지 않고 살아낸 자의 비망록이
다. 그 형이상학적 함량이 풍부한 시들을 읽는 것은
즐거운 일이다. 그의 한참 뒤늦은 첫 시집 발간을 진
심으로 축하한다. 실망하지 마라, "벌써 꽃구두를 사
들이다니, 아니 그렇담 늙은 게야, 네 몸에서 꽃무늬
가 빠져나가고 있는 게야, 쭈글쭈글해지는 미美여 풍
선이여, 벌써 강가에서 서성대다니 다저녁때라니, 아
니 그렇담 너무 이른 게야"(「꽃구두」)라는 구절처럼
늦은 것은 실은 너무 이른 것이다. 나는 벌써부터 이
어여쁜 늙은 청춘, 너무 늦게 와서 그 푸릇함을 뿌리
고 있는 한우진의 두 번째 시집이 기다려진다.

1) 알랭 바디우, 『비미학』, 장태순 옮김, 이학사, 2010.
2) 니체, 「춤에 부친 노래」, 『차라투스트라는 이렇게 말했다』,
　　정동호 옮김, 책세상, 2000.
3) 니체, 앞의 책.
4) 에마뉘엘 레미나스, 『존재에서 존재자로』, 서동욱 옮김, 민
　　음사, 2003.
5) 엘렌 디사나야케, 『미학적 인간―호모 에스테티쿠스』, 김한
　　영 옮김, 예담, 2009.
6) 알랭 바디우, 앞의 책.

한우진 시인
충북 괴산에서 태어났다.
2005년《시인세계》신인상에「겨울의 유서」외
4편이 당선되어 작품 활동을 시작했다.
2008년 한국문화예술위원회 창작기금을 받았다.

까마귀의 껍질
한우진 시집

초판 1쇄 발행일   2010년 3월 10일

지은이 · 한우진
펴낸이 · 김종해
펴낸곳 · 문학세계사
주소 · 서울시 마포구 신수동 345-5(121-110)
대표전화 · 702-1800   팩시밀리 · 702-0084
이메일 · mail@msp21.co.kr
홈페이지 · www.msp21.co.kr(문학세계사)
www.seein.co.kr(계간 시인세계)
출판등록 · 제21-108호(1979.5.16)

값 7,000원
ISBN 978-89-7075-487-1   03810

＊이 시집은 2008년 문화예술위원회의 창작기금을 지원받아 제작했습니다.